紫巖續韻

方艾峰 著

百花洲文艺出版社
BAIHUAZHOU LITERATURE AND ART PRESS

图书在版编目（CIP）数据

紫岩续韵 / 方艾峰著 . -- 南昌 : 百花洲文艺出版
社 , 2023.4
ISBN 978-7-5500-4850-8

Ⅰ . ①紫… Ⅱ . ①方… Ⅲ . ①诗集－中国－当代
Ⅳ . ① I227

中国版本图书馆 CIP 数据核字 (2022) 第 227679 号

紫岩续韵
ZI YAN XU YUN

方艾峰　著

责任编辑	许　复	
特约编辑	李俊滕	
书籍设计	汇文书联	
制　作	汇文书联	
出版发行	百花洲文艺出版社	
社　址	南昌市红谷滩世贸路 898 号博能中心一期 A 座 20 楼	
邮　编	330038	
经　销	全国新华书店	
印　刷	武汉鑫佳捷印务有限公司	
开　本	720mm×1000mm　1/16　　印张　9.25	
版　次	2023 年 4 月第 1 版第 1 次印刷	
字　数	132 千字	
书　号	ISBN 978-7-5500-4850-8	
定　价	68.00 元	

赣版权登字　05-2023-70

网址　http://www.bhzwy.com
图书若有印装错误，影响阅读，可向承印厂联系调换。

序一

　　艾峰的诗，我是喜欢读的，因为诗人就在身边，所写内容熟悉，容易理解并引发共鸣。艾峰第二本诗集即将出版，我非常高兴，所以不揣谫陋，愿意写几句话。

　　议者常曰"诗可以怨"，"诗穷而后工"，这固然是不刊之论。但诗也有可以乐的一面。如何觅得诗之乐，东坡以为得看诗人如何处穷。如何处穷，我以为得看诗人性情。譬如东坡，即便是在黄州、惠州、儋州之时，其诗多有所乐。苏辙《武昌九曲亭记》中有一段写东坡的文字，最为生动，其文曰："昔余少年，从子瞻游。有山可登，有水可浮，子瞻未始不褰裳先之。有不得至，为之怅然移日。至其翩然独往，逍遥泉石之上，撷林卉，拾涧实，酌水而饮之，见者以为仙也。"可见东坡性喜山水，一入山水之间，便可以忘机，便可以忘情。故其后可以不以贬谪为意，有山水便是。

　　艾峰平时乐呵呵的，性之所至，所写之诗，亦多可乐。

　　艾峰的诗，写山水为多。写得最多的是金华山水。这些年，艾峰于工作之暇，常常与二三好友结伴，寻山问水，可谓极尽金华山水之娱矣。山水之间，是美丽的家乡，因而举凡金华地方名胜、四时风景、时代新风，无不入乎毂中。出游归来，以诗记之。因而艾峰的诗可以当作这个时代的金华风物志来读。

　　我读艾峰的诗，每每想象他或徜徉于幽泉怪石之间，或自驾于山清水秀的乡村大地，留恋风景之美，寄情山水之间，因而以为艾峰者，其自得其乐之意态，活脱脱便是身边一坡仙矣。

　　诗人西渡力倡"幸福的诗学"。他说："我们之所以认为诗人是不幸的，是因为我们根本不知道幸福为何物。我们认为的幸福就是官阶、房子、车子、票子这些东西，殊不知这些正是我们不幸的根源。而深知幸福秘密的诗人在我们身边安详微笑，深情歌唱。"（西渡《读诗记》）艾峰的诗，无论是描写山水花草，还是评论时事新闻，或者怀念亲人朋友，皆有感而发，一派天然，不失赤子之心。艾峰是懂得西渡所说的"幸福的秘密"的诗人，故诗歌清平丰融，生意盎然。尤可贵者，有盛世之音，不可以不说寄托遥深。

西渡还认为，诗人之所以是幸福者，其中一个重要的原因，诗人是一个创造者。西渡写的是新诗，艾峰写的是古体诗，但道理是一样的。他们都是幸福的诗人。我虽不会写古体诗词，但对创作古体诗词带来的快乐，也有一二感受。感受来自他人。他人者，是我的高中老师王尚文先生。王老师是古体诗词爱好者，有自印诗集两本。我去看望王老师，王老师每每会兴奋地告诉我最近又写了一首诗或一副对联，接着便急着和我分享创作之乐。王老师和我讲诗，讲平仄，仿佛平平仄仄之中有无穷乐趣，尤其是平平仄仄地念起来时，念到得意处，便手之舞之，足之蹈之，眉宇飞之了。因而我认为，古体诗词的幸福，就是平仄的幸福，格律的幸福，也是汉语的幸福。艾峰的古体诗词，严格遵守格律，王老师的平仄之乐，艾峰亦有之，这是古体诗词写作者的共感共乐。

艾峰对格律的态度是严肃的，有一事可以证明。有一次我的一位学生模拟七律格式写了一组诗《四时婺州风景》，获得"艾青杯"全国诗歌大奖赛二等奖。艾峰碰到我，严正地指出这组诗格律上的问题。我为学生，也为自己开脱，模拟而已，何必认真。艾峰不依不饶地说，"这是不行的"，凛然之气，令我汗颜。因而我对艾峰，亲之，也敬之。艾峰是我敬畏的诗人。金华一中语文组因有了艾峰这位诗人，被同行敬重的分量自然也增加了。我以为一个学校的语文组，没有几位会写作的人，尤其是拿不出一个懂格律的诗人，是不足敬畏的。因而，我们语文组的老师是以艾峰为骄傲的。

金华一中是有诗歌传统的学校。写新诗的，有校友艾青、冯雪峰、圣野、西渡，都是具有影响力的大家，而且他们有个共同特点，在金华一中读书时就开始诗歌创作了。艾青的处女作《游痕》发表在校刊《学藨》第一期上。写旧诗的，我知道的有陈冬辉老师、王尚文老师，他们曾经是金华一中的语文老师，也是在古体诗词创作和研究方面富有成就的诗人和学者。艾峰的诗歌创作师承他的大伯，而他大伯也是金华一中的校友，从这个角度看，艾峰是金华一中诗歌创作传统的继承者。

艾峰的诗歌创作，也促进了语文教学工作。每届高一年级，艾峰必给学生开设选修课程《古典诗词写作与欣赏》。受其影响，不少学生喜欢上了古典诗词，进而喜欢上语文，这对于提高语文教学质量大有裨益。因为古体诗词的创作，艾峰形成了自己的语文教学特色，教学上有绝活，这是令人羡慕并称赞的。

艾峰身材高大，喜打篮球，平时笑颜常开，其乐陶陶，性格和气而不失耿直。读艾峰的诗，可知艾峰为人。

是为序。

滕世群

（金华一中语文特级教师、学科主任）

序二

古典诗词是我国文学艺术殿堂中的瑰宝，千百年来一直为人们所喜爱、吟诵、传唱。它具有节奏美、音韵美、意境美、哲理美等独特魅力。这种魅力是立足于汉语言音韵特点的基础而产生的。诗词格律则是千百年来文人雅士们对诗歌形式不断探索实践、总结完善而固化下来的最能体现汉语言独特魅力的一种文学形式。其诞生至今已有一千多年历史，具有强大的生命力，它不会因为不断出现的新的文学形式或文学变革运动而被忘却湮没。在新的时代它正被注入新鲜血液，展现出蓬勃的生命力。诗可以兴，可以观，可以群，可以怨。志之所之，在心为志，发言为诗。赋诗填词，可以展示人的格调、风骨、志趣、境界。天地自然、风光胜境、人间至爱，感物咏怀、慎思明辨、记事感怀无不散发出人类情感智慧的光芒。古典诗词源远流长，博大精深，我们没有理由不把它传承好，发展好。

我学习写作格律诗词至今已有 30 多年的时间了。记得最早接触诗词格律是在大学期间选修的"诗词格律"课上，课程由一位老先生主讲。格律的枯燥乏味很难让人产生兴趣，至课程结束时我对格律还是一知半解。后来慢慢研习了王力先生的《诗词格律》，才对格律有了些许认知，但要熟练地遵循格律习写诗词还是有很多困难的。

1990 年，在方镛声大伯（字伯英）的引荐下我有幸加入了"赤松诗社"（金华市诗词楹联学会前身）。诗社是由离休老干部陈德先生（字时风，号直心）发起成立的，聚集了婺城的一些诗词爱好者，主要以离退休老干部、退休教师等为主。诗社不定期编印《赤松诗词》，一个月进行一次雅聚例会活动，但这些活动我鲜有参加。当时，《赤松诗词》编辑部就放在陈德先生家里，位于婺城螺蛳巷 18 号（原址在金师附小以东）的一栋二层小楼。陈德先生给小楼取名为"竹庐"，一个颇为雅致的名字。我时不时送些习作到"竹庐"请他指正，他都会直接地毫不掩饰地对习作提出一些修改意见。遇到格律方面的问题，便会毫不客气地批评，正如其号"直心"。这时他又会痛惜地指出现在大学中文系的一些教师不懂格律的问题，言外之意要我好好研究格律，补补课。其实要熟练地掌握格律，就在于要坚持不懈地练习写作诗词，慢慢做到让格律烂熟于心。有一次，我创作了一首纪念宋代"月泉诗人"方凤的七律诗，陈德先生看了大加赞赏，后来此诗刊登在《仙华诗词》上，可惜现已遗失。当然，创作格律诗词只掌握格律是不够的，还需要有深厚的古汉语功底，需要有丰富的词汇积累，需要掌握大量的文化典故，特别是文学典故等等。要写出诗的情趣、意趣、理趣等更需要不断学习探究积累。"情动于中而形于言"，立足生活有感而发，这是创作的原动力。坚持真实表达，摒弃"为赋新词强说愁"的虚假。

我也受到过诗社其他一些诗友的点拨帮助，如寿鸣鹤、马深培、黄浦荣等吟长。1991年，浙师大中文系叶柏村老先生送给我一本他的诗词作品集《鸣蛄小稿》。翻看诗词集，先生对诗词的痴迷让我震惊，由此我也知道了先生热爱诗词正是因为热爱生活。对他来说，生活即诗词，诗词即生活。另外，书中体现出来的先生深厚的古汉语功底令人折服，给了我很大的启发。习诗填词相辅相成，要善于到古典诗词中汲取营养，要善于到社会自然中体验生活，这样才能达到"诗赋本天成，妙手偶得之"的得心应手的境界。丰富的生活积累能拓宽诗词创作的天地，深厚的知识储备能提升诗词的艺术魅力。

陆陆续续创作了一些诗词作品，有的刊登了，有的遗失了，但20多年来还是累积了500多首诗词（这要归功于电脑的普及和应用，诗词习作能够以电子稿的形式保存下来）。2017年终于由中国文联出版社出版了第一本拙著《耒耕集》。取此名有对自己坚持诗词创作的一点肯定，所谓"恒者行远"嘛。记得在纪念"赤松诗社"成立10周年的1998年，陈德社长编印了《赤松诗词选粹》一书，书中收录了他为141位诗友拟写的嵌名七字联，其中给我拟写的是燕尾格七字联——吟事方兴追未艾，教坛大步上高峰。这是他对后学的勉励与期盼，然细观自己的现状，难免有些惭愧，可谓平平淡淡。业余时间我编撰了《古典诗词写作与欣赏》讲稿，在学校开设选修课程，做了一些格律诗词的普及工作，希望有更多的年轻人喜爱格律诗词，传承和发扬光大中华诗词。

　　方镛声大伯客居南京，晚年回婺城仓茅亭（旧址在现在的八咏路）姑妈家小住，因是诗画创作爱好者，通过黄灿磐吟长结识了陈德先生，相见恨晚，遂入赤松诗社，往来酬唱，不亦乐乎。方镛声大伯于1933年从浙江省立第七中学（今金华一中）高中毕业后，追随表伯卢福康（1931年浙江省立第七中学毕业，我国著名大地测量学家，总参谋部测绘局原总工程师，测绘科学研究所原副所长，曾任中国测绘学会常务理事、中国天文学会理事、中国宇航学会理事、军用飞行器总体专业委员、《辞海》分科主编等职）考入了中央陆地测量学校，抗战期间参加了滇缅公路的勘测修筑工作，后因测绘仪器的短缺而转行研制光学测绘仪器，因攻克国产第一台水平仪的水泡制造工艺（后这一工艺在业内被定名为"方氏工艺"）而受到了国民政府水利奖章的奖励。中华人民共和国成立后他曾任某军工企业技术副厂长、副总工程师，是我国第一台光学测绘仪、卫星摄像仪、卫星激光测距仪的主要研制者之一。工作之余，他创作了大量诗词以及字画篆刻，对诗词的热爱如痴如醉，就是在生命的最后日子里还在对诗词进行构思修改。20世纪90年代末，大哥方艾里（总参谋部某部正师级大校、高级工程师）整理了其遗稿，精选出700多首诗词，出版了《紫岩吟草》。方镛声大伯是一位文理兼优的科技工作者、光学专家。今年为纪念大伯105周年诞辰，我把近几年的诗词习作做了结集整理，准备付梓，遂定名为《紫岩续韵》，以诗记之，是为"畴曩琴音入云际，紫岩留韵伯英情。赋名吟草求纯质，抒意流光有雅声。婺水西行俦侣失，赤松前瞰树芽萌。拙诗成集思先辈，不堕箕裘续鹤鸣"。

方艾峰

2020年8月

于金华一中

目　录

七言绝句 | 35

词 | 107

五言绝句

三月雨

珠玉挂枝头，春纱笼屿洲。
随风滋万物，不意涨龙湫。

日历

浮生罗数字，一世哪堪翻？
俯仰光阴去，烦何日日言。

乌饭

米雀着乌衣，翩翩里巷飞。
沁香新叶味，墨紫画春归。

午后

似睡鸟鸣中，江清柳岸空。
云农北山走，偶带一丝风。

大云关

岩叠似层云，风裁少女裙。
登高理仙袂，凝目盼郎君。

萧皇岩

萧皇一丈岩，云霭落千帆。
逐浪穿沧海，扪天势不凡。

题里湖坑小岩潭

滴滴珠玑脆，青青涧草寒。
縠纹荡红叶，羁鸟速来观。

丑石

巡天一火团，落地自孤单。
黝黯思和氏，何求琢玉冠。

立春

银装犹未脱，煦气已催芽。
桃柳枝梢俏，孕春千亿花。

羊印山关隘

叠叠复重重，当关一径封。
盗兵嚣气焰，也得偃长弓。

艾叶草

春来艾叶香，采撷上丘冈。
点绿清明粿，芬芳气贯肠。

清明粿

造化吐英华，春蓬入粿嘉。
清香飘户院，绿彩胜荆花。

紫云英

风播千亿籽，绿衬万畦花。
恍若天仙子，亭亭理彩纱。

小草

厚木覆身低，雨霏沉秽泥。
芊芊依缝隙，亦要向阳栖。

瀛头登云桥

漪水青虹照，墀台绿藓侵。
风霜调古韵，连岸亦连心。

咏覆盆子（树莓）

红泥陡坎边，棘瘦影孤单。
汲露滋青果，一隅芳骋妍。

龟甲竹

天生龟甲面，丑陋不成才。
独在幽篁里，蓬蓬饮露醅。

恩施石门河巨猿像

凝目千寻壑，静听涛濑回。
居高心旷远，长啸暮云哀。

恩施石门河洗心潭

清冽涡潭水，蓬蓬照镜崖。
复观粘俗垢，一洗净心怀。

诗痴

一介黉门客，吟诗作宿粮。
天南连海北，尽是碗中汤。

驾车诫

驾御非常事，应怀敬畏心。
熟能工技巧，专注是强音。

注：女儿领了驾照，故以诗诫之。

香朴

柔絮裹红囊，黄皮沁肺香。
果中高品尚，不逊醴琼浆。

板栗

荆刺敷身表，哪如溪客妍。
丑颜非是过，甘果比清莲。

白菊

遥观雪簇枝，近嗅暗香弥。
似女婷婷立，愁心上月眉。

粉红菊

九月胭脂色，芊芊粉黛眉。
秋来夅未去，摇曳一桃枝。

红菊

红焰欲冲天，群芳已黯然。
此非高格调，只为蝶流连。

黄菊

何处香花谢，落英金爪轻。
莫言前世贵，终了化泥情。

青菊

云揽群山色，随风着素枝。
谦谦君子意，淡淡故人思。

注：菊染群山之色，乃有群山之质，如君子稳重谦让，似故人凝目思远。

桥

躬身连壑渚，风雨自岿然。
守职唯忠实，庶民挑两肩。

二月风

气蛰寒冬月，回环运势生。
送春催万物，一夜小芽萌。

陈墈头红豆杉

风霜三百载，高耸际云天。
人事多移变，沧桑入翠烟。

春柳

鹅黄点细枝，雨燕欲归时。
借得东风篦，先妆绰约姿。

永康易川龙耕坑

回日向高标，耕岩上九霄。
抓浪崩峭壁，石罅挂红绡。

山后胡古松

寒霜七百年，苍劲顶云天。
格调当高远，凭风送翠烟。

注：古松参天蔽日，树干挺拔耸立，已有 721 年树龄了。

赠别李亦琛同学（二首）

其一

琛石本天然，精雕比玉妍。
已存高远志，宇阔任翱旋。

其二

璞亦自天成，雕琛丽泽名。
今留方寸字，唯念别黉情。

茶

芽苞如米小，汲露沐阳开。
待到清香溢，投汤上桌台。

蝴蝶兰

兰草本心纯，悠然倚竹藩。
翩翩学蝴蝶，双翅拓花魂。

白露

暑气渐侵消，长空雁阵摇。
清风吹夕露，秋意过江桥。

云

天高任我游，变幻一轻裘。
擂鼓施风雨，飘然润九州。

黄金岭

秋到黄金岭，金黄染岭头。
黄金非是梦，白帝送金裘。

金樱子

丛莽生荆棘，金笼瑟瑟枝。
刺针虽细小，刚劲更雄奇。

双溪口水库

龙蟠叠嶂间，秀水养千山。
不过寻常地，盈盈一碧湾。

晨光曲

润物如丝雨，轻盈熠熠花。
飞天披泽露，恍惚染朝霞。

雨伞

躬身不出奇，撑体展英姿。
可爱蘑菇态，叮咚逗雨时。

毛笔

金竹集秋毫，韧芯柔笔刀。
砚池轻点墨，潇洒舞松涛。

五言律诗

过喻斯村

春山石径幽，深谷蛰龙虬。
碧涧斑鱼逐，青峰翠鸟啁。
人喧豫樟阁，鹅步板桥头。
及此流连处，息心消督忧。

紫荆花

春信报芳菲，千枝闹夕辉。
胭脂衬人秀，琪玉曳风微。
点锦莺欢唱，采糖蜂漫飞。
争香忙斗艳，极乐敞心扉。

樱桃

红珠上翠枝，娇滴逗葳蕤。
揽露敷晶眼，呼风荡细丝。
云霓才遁散，鸟雀便来窥。
不羡胭脂美，定思其味滋。

忆"六一"时光

儿童放学堂，嬉戏赶群羊。
麦笛飘山岗，风筝逐日光。
温书齐朗朗，捉鼠定惶惶。
欢乐盈乡野，稚音如水汤。

与陶公文强游白溪湾

玄谷藏华屋，循湾小径幽。
隰麻窥女悦，迥竹探花羞。
缓缓茶觞曲，葱葱木槿虬。
坐观玲致塔，支遁羡思游。

石桥探幽

大源东北涧，小径隐茅枝。
山鸟林间唧，岩泉石上澌。
峰回龙象口，霞映脚窝墀。
幽寂嘘篁竹，流连暮色迟。

与陈新辕倪成生庄金友同访殿山村

秋气乘云上，峰天盖地盆。
阴霾三点雨，稚犬数丝魂。
古殿缭香火，老翁推木门。
引呼尝美酒，悠乐比王孙。

访皖南江午村

曲径通幽壑，蜿蜒入碧霄。
行桥探溪石，循木问农樵。
翠竹阖庐隐，香园涧水浇。
鸟雕梳彩羽，远岫看妖娆。

游花花寺

双尖南麓寺，凼谷密林幽。
小径犁荒草，青松庇褐鸺。
禅房唯静寂，香客独空愁。
气朗疏云淡，深崦一叶秋。

访齐云寺遗址

一泓何澹澹，幽坞正苍苍。
山径茅秆曳，峰峦木叶殇。
碣碑横殿坎，芊草蔽炉香。
阒寂三摩地，禅云漫八荒。

观里湖坑瀑布群

里湖幽谷深，涧水隔重林。
注壑银珠影，奔崖彩凤音。
瑶池游木叶，碧落接川岑。
万籁归沉寂，唯余蝶梦心。

西岭古道行

瑶阶云杪走，诗画岫中观。
彩雉茅丛伏，红枫岭脊攒。
怡情长笛远，惊鸟素枝寒。
极目川庐秀，心闲地自宽。

钟潭

倚翠飞崖壁，银丝万丈长。
音从嵱嵷出，涛自礵头扬。
横落惊山鸟，斜观悸草獐。
匝围千嶂秀，不意乐徜徉。

横腊花丘

环丘皆锦簇，姝丽羡来观。
拟剪绫罗缎，试妆巾帽纨。
胭脂映人面，苍翠叠山峦。
造化芝樱色，悦春仪万端。

从口溪坑到乌珠岭脚

春归巧溪口，水涨翠山重。
鲛帕清塘影，鸾丝秀脊弓。
莓香迷醉蚁，泉冷咽苍松。
谷垭通幽处，荡胸生飘风。

城头龙潭

素娥襟袂落，化练点苍林。

崖滑磨池臼，体盈围峻岑。

汲泉蓝玉润，下壑噭音沉。

长啸归樵叟，幽篁百雀喑。

观威海南海海滨沙雕像

风舞微沙粒，绵绵不足观。

雕师施技艺，画卷塑金滩。

梦里苍生愿，像中骠袅鞍。

策鞭千万里，豪气跃青峦。

恩施大峡谷云龙地缝

入缝觅龙泉，栈梯镶壑沿。

银珠万丝线，画壁一寻天。

溅石喷寒气，回声骇杜鹃。

围空虽逼仄，心地却无边。

恩施石门河玻璃桥

银索挂云端，青峰傍脸攒。
身悬长壑谷，音悸碧波澜。
翼翼蛇行折，砰砰电裂寒。
凌空抒壮志，虎胆克千难。

题丁国君先生袒胸掘土图

当适闲暇日，荷锄西北坡。
琅玕娇欲滴，青雀乐而歌。
洒汗三畦许，扶亭廿次多。
老身应壮志，勿做一田螺。

做志愿者感怀

婺邑倡文明，匹夫当力行。
违章频以劝，扶老及相迎。
绵雨风寒意，热茶人暖情。
颟心图创建，合众共扬旌。

低田菊园

循秋觅韵词，江畔赏花姿。

斗艳群芳绽，弥香百里吹。

蜂停彩云爪，光耀玉龙塈。

更喜高风节，凌霜怒放时。

注："彩云爪""玉龙塈"是不同品种的菊花。

过鲤鱼坑

久观杨岗坡，银瀑贯青蓑。

绝巘横奇岭，流云下小河。

潺潺秋水细，济济鲤头多。

别样优游乐，都缘一石涡。

注：瀑布潭中有形似鲤鱼的石头，在迎瀑布戏水，故名鲤鱼坑。

青菜

坤舆作寝床，列队气昂扬。
绿叶层层密，浓荫阵阵凉。
茎牙攀凤扇，蚁足拽灾蝗。
亦学参天树，迎风傲雪霜。

秋日从上汪至杨岗道上

赤松多胜境，绿岫纵连绵。
岭峻金风缓，壑幽黄菊妍。
迩闻群犬吠，远睇片鸿旋。
万物皆蓬勃，余心更淡然。

龙游石窟

奇窟几时开？神祇造化裁。
线棱观笔直，壁柱显崔嵬。
千凿縠纹路，水磨方室台。
今朝重见日，攘攘客人来。

寒日访宝华禅寺

幽谷藏禅寺，梵音流沐尘。
东坡修竹茂，北殿彩旒新。
悟佛超三界，传经觉几人？
匆匆来急去，不失智心真。

注：宝华寺位于婺城区雅畈镇下山头村，始建于唐代，2009 年重修，2015 年二期圆通宝殿竣工。2019 年元月我随胡爱平、杨成忠、倪成生访宝华寺，流连半小时左右离去。

观湖海塘花灯

正月赏灯时，映花人面痴。
披红童子闹，溢彩恐龙驰。
嘉福迎春到，瑞风扶柳吹。
熙熙皆是景，万象更和怡。

访岩头村

远岫作屏风，灵岩势拔雄。
挏旗迎客喜，趟水过溪忡。
楢堰瑶池格，柳桥朝雨虹。
禾居贵文创，教化智仁功。

注："趟水"句，金安公路与岩头村隔梅溪相望，溪中有一座隐于水下的桥，溪水浅缓时，驾车经此桥可以直达村子。"禾居"是岩头村的文创空间工作室，也是金华教育研学及乡村文旅的基地。

游兰溪白露山

时方送暮春，和煦偃风尘。
极目盘山近，悠思果酒醇。
枇杷满山岗，家狗乐乡人。
百里萦纡带，细编祥福巾。

注：春夏之交与邬锦平、祝华勇、金维新、邵国良等同学游兰溪白露山。登高南眺，北山清晰可见，江原纵横百里，村庄星罗棋布，兰城尽收眼底，一片繁荣祥和的景象。喜而作。

岭边梯田

汤井路回旋，盘峰涉险川。
潺潺清水涧，岌岌陡坡边。
缭白云光照，紫黄稻叶缠。
层层连叠叠，怡目润心田。

永康大峡谷探幽

源溯大寒尖，潺潺下碧崦。
嶙峋流怪石，磅礴挂银帘。
倏尔牛蛙跳，瞬间沙蟹潜。
榛丛迷失路，空谷雀来觇。

由东朱村至林村道中

步履东林道，直登尖岭头。
披霞峰旷远，沁水壑深悠。
土庙缭香静，山翁掘笋幽。
景妍行慢慢，闲日阅心留。

游武义刘秀垄

满垄尽芬芳，春明黛瓦墙。
四围排阵壁，一窟顶砂梁。
啸竹惊山鸟，望峰连石廊。
优游逢老汉，不意是同乡。

雅芳埠古渡口

古渡今安在？萋萋石埠头。
沙滩围垦地，丁坝没沉洲。
呼客舟行慢，捣衣声荡悠。
而今楼照影，临岸独空愁。

注："丁坝"，就是丁字坝。以前因江水对义乌江北岸土坡的不断冲刷，导致岸坡崩塌，河道向北侵蚀，良田被毁。于是村民就在北岸向江中抛石构筑丁字坝，以减缓江水的冲击力，保护北岸土坡。现在丁字坝已拆除，代之以石砌防洪堤，真是今非昔比了。

过江东镇松溪古街

青石屐痕老，旗幡酒字新。
坐商延古韵，倚埠植香莼。
已失熙熙客，唯留踽踽身。
西窗迷夕照，向晚没音尘。

永济晨曲

东方渐曙晖，远岫拨云霏。
白鹭鸣沙渚，清风抚酒旗。
放歌人起舞，吹笛鸟惊飞。
音籁传千里，晨光漫步归。

访兰溪栖真寺

环翠谷深幽，连峰一径秋。
紫霞浮瓦楞，黄壁照龙湫。
偈颂真经阁，禅招苦海舟。
鸥心风止静，万化俱悠悠。

登罗坪竹篷尖

翠岫环坪俯，林梢咫尺天。
云中驰羽客，岩上汩冬泉。
蹒步篷丛径，腾浮嶂崄烟。
夕霞鹏背落，任尔放心鸢。

冬日行走西潘坞

环谷尽苍苍，东西架峁梁。
桔干枯叶冷，坡陡细茅长。
土径通幽处，竹林围叠冈。
大盘遮望眼，云淡沐霞光。

多福山

字嵌山腰石，向南招海风。
流云绘天幕，佛塔仰青松。
一叶轻舟下，千鳞白浪冲。
萦怀多翠色，祈客福无穷。

游尚阳古街

古道屐痕老，乌伤不胜愁。
跫跫青石板，飒飒彩旗楼。
画栋厅堂雅，雕甍里巷幽。
珠灯红五指，德义照千秋。

注："珠灯"指尚阳之宝——大珠灯。"五指"指尚阳村东面的
五指山。

访净梵禅院

畚斗兜禅寺，林崦阒寂幽。
涤尘抛俗事，礼佛剪乾愁。
此境应如梦，其心更近鸥。
天光云弄影，来去乐悠悠。

注："畚斗"，此处地形若畚斗，禅院居其中。"近鸥"，化用黄
庭坚的"此心吾与白鸥盟"诗意。

圣水岩

叮咚不老泉，汩汩扣琴弦。
欲洁昆嵛岭，当蒸柏翠烟。
清寒消溽暑，柔劲探深渊。
滴滴修真道，心安纳万川。

七言绝句

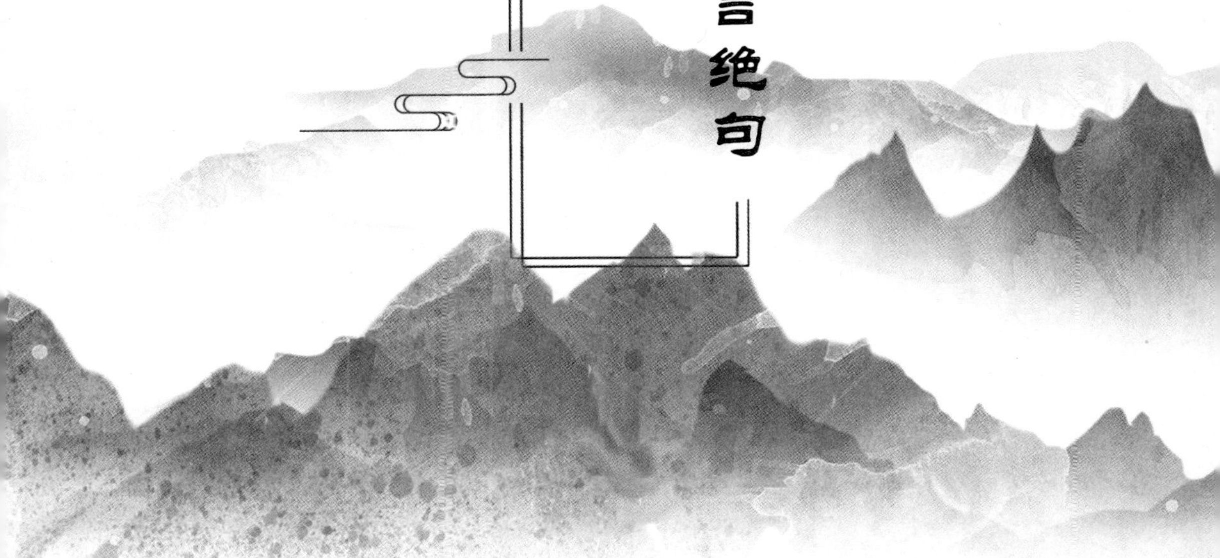

冬雨夜行

风婆摧木摇枝落，浓墨翻山罄满城。
一划寒珠斜打伞，浮光似梦走幽明。

桃花

粉妆一袭娇含泪，比目缠绵蕊蒂黄。
不待众芳煽妩媚，已邀泥燕送春香。

雅畈车坞道中

春风邀我访神农，绿谷深深两岫红。
景不醉人人自醉，桂花坞里比陶翁。

樱花

东风扶我上瑶池，剪得绵云点素枝。
一瓣一丝妆玉蕊，一颦一笑醉春痴。

三月风

梦追千里春来会，轻叩门扉欲语羞。
朝暖花唇吻丹凤，夜惊弱柳抱枝头。

春草

莫把春愁比春草，绵绵无际惹心焦。
众芳摇落伤悲处，早有青葱破寂寥。

红叶石楠

耐暑凌冬不畏寒，枝枝叶叶向阳欢。
情郎梦里甜醅醉，呓语相思戴赤冠。

金华一中丽泽湖

红光入镜柳丝娇，縠绉鱼踪叉线摇。
斑鸟阁亭双照水，秦风汉赋漫堤桥。

小满

麦浪无边风乍暖，灌浆时节饱颗囊。
神怡入眼万顷土，犹似盈箩千亿粮。

陡坡塘瀑布

龙吟天际落长须，九界寒风划白弧。
手绾银丝扶绿璧，镜花缘里串明珠。

兰荫山

雄踞三江气自华，中洲破浪白云斜。
行商聚利百寻塔，文翰尤观仙侣家。

过沈家村

古道幽幽绕翠微，鸟鸣空谷逐霞晖。
一溪灵水青崖下，村妇浣衣呼犬归。

游荔波小七孔（三首）

翠谷瀑布

白蟒游林汲玉泉，空云潭影翠生烟。
洪音破谷凌霄九，更着彩虹惊玉皇。

鸳鸯湖

梳羽双双明镜里，悠风阵阵理缠绵。
功名俗利皆身外，唯有痴情感地天。

水上森林

舟入平湖观异景，茫茫一派水拥林。
四围阴翳熹微复，涤荡污尘净俗心。

中秋月

人瘦桂香堪举酒，情长梦短似轻烟。
星河浩渺难相觅，摘取冰心照九天。

游九华山（三首）

天台

地藏禅林冠九华，重峦亭阁向天斜。
云桥断日苍松劲，目下黄山一丈霞。

犀牛望月

危崖何惧探深渊，自向琼台拜月婵。
寒雨朔风形不乱，只缘修得一分禅。

观音石

亿载风霜炼化身，凡间百态假如真。
玄机不在擎香火，真悟明心比敬神。

壁崖

开天劈斧当空落，画壁犀纹翠玉生。
万载风霜无可奈，凌然浩气势雄横。

初中毕业三十三年同学聚会饮

岁月如梭过卅年，赤松犹忆促琴弦。

同窗不怨相逢少，几尽壶觞始话贤。

行走乌珠岭

探访乌珠观石井，高崦玉柱破苍穹。

望夫疑是多情女，更似松乔点秀峰。

怀念余光中

斯人一曲望乡愁，方寸情深动九州。

海峡波平风细细，好持船票上归舟。

山雪

仙女撕花作絮棉，纷纷漫漫覆山川。

琼林玉石惊黄犬，耸耳追风吠冷泉。

大蜡烛

烛照坤舆佑光武，风霜梦里耀农庄。
皇天不负黎民愿，一统江山万载长。

注：金东区澧浦方山村的抬大蜡烛习俗来自百姓曾用蜡烛帮助
汉光武帝刘秀避祸的传说。

蛇拳

腕奚指劲呼风起，形滑神凝恍惚间。
左右回旋收健步，冲霄豪气出眉弯。

迎 2018 戌狗年

酉鸡闻犬吠东南，扑翅篱墙打竹篮。
旺旺满堂多福祚，银花绽瑞可曾谙。

观蛇柱

翩翩起舞上龙山，无问西东奋力攀。
不洒断桥离别泪，当思彼岸浪儿还。

注：天龙山半山腰有并列石柱两根，形似两蛇共舞，隔沟壑一
边也有一形似蛇之石柱，与之相望，犹如父母在盼望流浪孩儿快快
回家。

过丁村

也拟疏狂吟韵节，鸣琴抚瑟和流莺。
寻常不过东风句，难赋春芳万里情。

摘蓬草

艳阳催暖清风缓，新燕低徊蔓草长。
绿点黄坡迷醉眼，人和景丽沐春光。

参观青岛水准零点

珠峰万仞起于斯，风定浮球稳浪时。
精测黄淮移水准，卢工严谨不循规。

注：1949年以前我国的水准零点是以钱塘江口验潮站资料为参考标准确立的。20世纪50年代，表伯卢福康（我国著名大地测量学家，解放军总参谋部测绘局原总工程师）对比黄淮验潮资料，提出了把水准零点由钱塘江口移至青岛的建议，从而摒弃了旧的水准零点，使大地测量更加准确科学。

思想者——致夏桐

少年英气悬壶梦，健步凌云志向前。
睿智轻灵过涛濑，御风达顶必当先。

观龙亭

龙蛰幽林没道痕，咆音坠谷震蛟鼋。
挂藤临壑鹈鹕骇，忽遁烟光入海门。

读杜牧《叹花》诗有感

花开花谢固循时，空叹寻芳子满枝。
花好情痴誓相守，何堪零落恨来迟！

注：杜牧游湖州，见人丛中有一老妪领着一少女过来，少女十余岁。杜牧熟视，说："这女子真是国色啊！"于是派人去跟老妪说，想把少女接到船里来。老妪和少女听了，都很惊惧。杜牧说："暂时并不想结婚，只是相约以后。"老妪说："以后如果官人失信，又该怎么办？"杜牧说："我不出十年，定来守此郡，那时再议迎娶之事。十年不来，就听任你嫁人吧。"老妪答应了。杜牧于是拿出很多钱交给老妪，作为定亲的礼钱，并且写了盟约，交给老妪保存。

一直到大中三年，杜牧才被授为湖州刺史。等到杜牧到了湖州，已经过了十四年了。以前相约迎娶的女子，已经嫁人三年了，生了三个孩子。杜牧到湖州接完了印信，立即写了一封信，派人去招老妪。老妪怕杜牧把女子夺去，就带着女子的孩子一起来了。杜牧一见，很不高兴地诘问："以前你既然已经答应把女儿许给我，为什么又反悔了？"老妪说："以往相约，以十年为期，十年不来而后可以嫁人。现在嫁人已经三年了。"杜牧听了，低头寻思了好长时间，说："人家说的有道理，强迫人家不祥。"于是准备了丰厚的礼物把老妪打发走了。老妪走了以后，杜牧赋诗以抒发惆怅伤感之情。诗云："自是寻春去校迟，不须惆怅怨芳时。狂风落尽深红色，绿叶成阴子满枝。"

九华山环保挑工

厝山肩胛挂壶茶，跨步沉沉莫叹嗟。
唯我勇夫挑两担，一头青岫一头家。

石美人

远望云头石是人，近观石面失人真。
真真假假争人石，不意今朝化女神。

箍桶匠

刨片团箍测底圆，嵌镶钉铆凿沟边。
精工绀缝水不渗，哼曲懂心磨器沿。

磨刀匠

凳几砺石闯他乡，里巷吆声日影长。
刀器就硎工技艺，指尖试刃笑寒光。

山栀花

月露凝脂粉蕊针，含香馥郁翠屏深。
天资莫比海棠艳，小径摇情听妙音。

参观青岛康有为故居

变法求强社稷臣，东渐西学促维新。
丹忱不泯天游阁，日盼河图出海滨。

观《灵与肉》

马啾风吼贺兰霜，镇北堡前赁夜长。
忍辱宽怀秉心念，阴霾拂却谱华章。

篾匠

游刃自如修竹器，篾青刀片指能谙。
纵横编织铺凉席，煣曲弯弧技一篮。

木匠

班门受艺精工斧，曲木绳规架栋梁。
劈锯凿镶当熟稔，心灵思巧构台隍。

泥水匠

一沙一瓦修华宇，挥汗添泥叠粉墙。
土木精思工巧计，宛如纸墨构文章。

苏通长江大桥

砥柱凌云八面风，上悬千索御长龙。
物流南北穿扬子，舶贯东西气势雄。

恩施大峡谷迎客松

岩崖万仞俯闾阎，斗雨凌霜赤日暹。
无限风光磨砺出，惊观松翠站高崦。

恩施石门河通天门

扪参扣井上天门，星寂云稀木叶繁。
仄道容身一人过，华光盈岫势雄浑。

叹冯小怜

玉体横陈国祚殇，都缘尤物断人肠。
晋阳烽火回眸笑，换得布裙舂米粮。

注：北齐国亡，小怜成了战利品馈送他人，落得个整日穿着粗布裙舂米的境地，后因不堪其辱而自杀。这真是"三十年河东，三十年河西"，令人唏嘘。

中秋赋

月挂疏林风寂寂，倚楼举目过黉时。
银辉万里千窗下，不尽思情桂语迟。

黄叶

北风扶我至平畴，弱弱凄凄席地休。
无限江山萧瑟处，已披金甲点清秋。

校园小径

朔风今日经行早，蹀躞湖滨满目秋。
若问诗情何处发，落黄羁鸟小桥头。

拔河比赛

扣紧麻绳不动山，雷音震耳直肱弯。
颛心遒劲三回胜，贵在坚持一瞬间。

野山柿

披霞汲露秋山上，叶落干枝别夜长。
万绿丛中香果艳，非花还拟比花黄。

春信

泥融玉碎东风劲，水涨莺啼别燕回。

寄自寒山全不察，梅香再报万花开。

冬至祭祖

亚岁弥天暮气沉，寒流直入万山暗。

焚香雾漫纷纷雨，瞻祭先宗一孝心。

古樟

百载寒霜蚀干空，枯枝稀叶失葱茏。

根虬裸地苍颜老，犹笑残阳戏朔风。

注：桥里方古樟有 310 年树龄了，它见证了村子的历史变迁，是村子的生命树、常青树。

冬雪

铅云滚滚压城来，飞舞鹅毛点玉台。
万树银花竞开放，流连墙角一枝梅。

腊八节

寒凝地坼到嘉平，稠粥弥香腊鼓声。
孝祀神灵祈物阜，新元肇始更欣荣。

诗人闻一多

振臂吁天为民主，一汪死水浥波澜。
乾坤黑暗众生苦，化我孤心红烛攒。

又见哈巴狗

都言犬狗秉忠诚，摇尾观颜碎步迎。
只恨哈巴非此类，视人低眼吠豺声。

观电影《流浪地球》感赋

天宇增熵地日亡，银河浪里独徜徉。

生存哪得轻如许？当惜今时爱故乡。

己亥新春杂感

雨打窗篷风飒飒，影幢灯炮布衾寒。

浮华渐隐千乡静，年味淡时心亦安。

听雨

若旱逢霖喜自来，嘉言龙水救荒灾。

女娲难补天穹破，又咒雨潇祈日开。

注：己亥新正连日降雨，晴日难见，感而赋。

打年糕

木槌石臼圆蒸桶，米粉香弥乐满堂。
最喜孩童雕物像，凤鸡黄犬赋诗郎。

游琅琊（二首）

白沙堰

龙汲仙霞百里泉，织丝银练白沙穿。
厝方石堰回流水，泽润田禾祚胤篇。

琅峰山

白沙涛重镇琅峰，伏虎红岩傲劲松。
双扇门前观古堰，无垠阡陌一干封。

梅溪堰

云水梯坡太液池，和风习习柳摇枝。
游鱼逐浪冲岩坎，溅起银花赋韵诗。

沙畈水库

群山一碧苍穹近，林海春红逐翠波。
最喜千鳞罗玉液，万家汲水白沙河。

注：沙畈水库在白沙溪上游筑坝而成，是金华市区及周边乡镇的饮用水水源地。

生态洗衣房

舀水清渠转木轮，捣衣漂洗莫躬身。
阿哥曲哨多情意，杏上彤云少妇嗔。

仙居韦美溪

一路清歌出仙谷，百潭阒寂泛鳞波。
溪滩卵石横光照，夹岸山花漫碧螺。

岩头潭

仙源湖水下岩头，击壁回环漫芷洲。
云影天光皆是画，磨盘镜里碧螺收。

望神仙居

奇峰列阵破云霄，石栈光华舞彩绡。
一鹤冲天凌九界，喜窥仙女理垂鬟。

参加 2019 届学生成人冠礼感怀

莫道青葱多懵懂，拿云尽在不言中。
知书达理肩担责，试看雏儿化宇鸿。

大国重器——盾构机

啮岩钻地土行孙，今日等闲开洞门。
莫道坦途山阻遏，凿穿叠嶂挟风奔。

游三清山（五首）

巨蟒出山

天罡裂石蹦虬龙，化蟒昂天气势雄。
怀玉光芒无限好，随风入暮耀星空。

国舅悟道

灵石藏经几度秋，孜孜览读乐悠悠。
莫思天道张文墨，当念人峰一脉收。

仙人指路

曲栈临崖魂悸动，排排幽壑径何求？
天仙一指凡夫悟，路万路千心里头。

神龙戏松

含珠脱落玉山巅，入缝耕泥育草芊。
无奈神龙团桂柱，望松寻觅秉心虔。

东方女神

举袂凝神若有思，朝辉落晕画螺眉。
端庄秀丽倾人国，笑比汗颜维纳斯。

玉山七里街

魁星闪烁映冰溪，风动旗幡画彩霓。
不尽繁华延古韵，开新集史巧纾题。

过德清逢台风"利奇马"来袭

武康百里惊飙虐，天水遮山白幕长。
高速成河车似艋，提心稳舵湿衣裳。

题憩鸟图

一生迁徙观天地，苦雨寒霜若等闲。
张谱鸣歌比焦尾，风云自在下湖湾。

鞋

不比衣裳多倜傥，屈身依地落微名。
道行千里无言怨，只为今生护足情。

参观玄武门遗址

兄弟阋墙刀戈向，亲情哪比位权高。
而今帝业终尘屑，唯见孩儿戏水槽。

注：玄武门广场摆放了各式各样的塑料气泡游乐设备，以往刀光剑影的厮杀之地现在已成了孩子们游乐的场所。

大明宫太液池

四围烟柳弄芳舟，歌舞笙箫载酒流。
玄武相煎千古叹，名垂史册恨悠悠。

注：唐太宗李世民发动玄武门之变时，唐高宗李渊正与妃子们泛舟太液池饮酒行乐。玄武门之变后李世民如愿继大位，成就了贞观之治，名垂千古，但弑兄夺位之污点应是其永远的痛。

大雁塔

玄奘取来天竺经，慈恩塔重保安宁。
千年灾坷犹存续，圣佛光芒度万灵。

注：玄奘为保存取来的佛经而建大雁塔。

金华一中晨读

清风拂面日熹微，丽泽书声伴鸟飞。
字字千金高格调，圣贤风范启心扉。

南仁东

星星点点闪悠悠，探探寻寻射电收。
廿载奔呼终结果，好随天眼太虚游。

注：2016 年 9 月 25 日，由天文学家南仁东主持建设的目前世界规模第一的射电天文望远镜（直径 500 米）在贵州竣工了，该工程花费了南仁东 20 多年的心血。直径 500 米射电望远镜的建成标志着我国在射电天文探测方面走在了世界前列，意义重大。

游华山（四首）

登千尺幢

石梯悬壑天涯远，壁立千寻傍面摇。
半道回头莫嗟叹，唯当跨步上云霄。

过老君犁沟

君摆犁头耕石壑，梯波荡漾入云霄。
我循沟迹扪西岳，一步一趋涔汗浇。

苍龙岭

千尺苍龙伏岭头，遥觇万壑纵神州。
长阶逼仄攀缘紧，无限风光一览收。

长空栈道

绝壁危乎心更大，悬空走板若行云。
啸歌回响瑶台近，倾耳天鸡陌上闻。

赤岸捣臼坑

云台有路大寒尖，翠竹萦坡万类潜。
曲径通幽风寂寂，明潭问水上高庵。

赤岸龙泽岩

珑岩万丈纵青峰，挂壁参云不老松。
竹海琼音腾细浪，欲凌九界戏飞龙。

塔石小埠口村夫妻树

依依墟里望高山，夕照云峦一水间。
不为利名劳燕散，只求偕老把家还。

永康大峡谷望夫石

妾恳日日望夫台，跂眺千年不尽哀。
冷暖人生情可叹，立身成石盼君来。

聚仁村

傍水依山人杰地，廊桥文韵曲星高。
聚仁乡族齐声赞，画意诗情有彦曹。

注：兰溪蒋畈村是民国时期著名记者、作家曹聚仁的故乡。为纪念这位爱国人士，当地政府把它改名为聚仁村。

绿萝

不爱红妆爱绿妆，秋冬春夏散清香。
盈盈碧靥驱邪气，一叶心花一凤凰。

车行大坪基

砼路弯弯入翠烟，秋飔气爽客流连。
莫夸高岫风光异，极目原畴景更妍。

登浙江尖山陆地中心

陆地中心我执缰，策龙鞭马闹乌伤。
流风大气冲千嶂，砥柱人间定八荒。

围棋

纵横天地一棋盘，黑白分明点上观。
挥斥腾挪拥大局，目中活气寸心安。

品方祖岐将军书法作品《闻鸡起舞》

遒劲苍松笔力雄，千枝不老舞罡风。
怡情坦荡心胸旷，撇捺横钩万世功。

注：喜获方祖岐将军书法作品《闻鸡起舞》，品而作。

游武义仰天垄（五首）

石鳅岗

一鱼安卧翠峰间，两目盈盈望库湾。
寒去暑来何足苦？乐游自在绕千山！

金龟驮蟾

前路茫茫堑壑长，离群哥俩觅亲娘。
劫波渡尽烽烟散，一望平川到故乡。

灯盏挂云

高悬尺杖入云端，绽放灯花闹广寒。
若隐若浮漂竹海，人间神殿两相观。

神女双峰

双岫丰腴映碧湾，画眉梳鬓喜人间。
天庭哪得欢如许？长袖放歌郎忘还。

古皇神刀

一丝寒气暮云蒸，霹雳雷霆峭壁崩。
翠闼皆开锋石踞，万年环视斗鲲鹏。

游野马岭（五首）

大象崖

奔云入海睇苍山，垂鼻躬身汲水湾。
百里长龙当蛰伏，岿然浩气踞雄关。

狮子崖

一吼回音惊百兽，会凌绝顶展狮颜。
群山万里皆封地，敢犯林原不得还。

七子树

七子同根手足情，寒来暑往顶风行。
一枝易折千枝挺，万木合心枯木萌。

美女峰

彩霓盈嶂天涯远，一望夫君过亿年。
哪得风霜清我眼？梨花带泪越千川。

双乳崖

钟灵毓秀出奇崖，母爱千山比女娲。
手揽和风化甘露，泽民润木入心怀。

北山第一瀑

龙吟虎啸震山巅，白练悬崖万丈渊。
云彩冰丝迷醉眼，恍然九界会神仙。

永康歇马殿

杨氏行商化佛仙，庙修杏岭汲山泉。
迄今滋润千丘壑，义永黎元岁岁牵。

兰城图景

云山曲韵桃花坞，千载悠悠古埠头。
高铁新城催号角，齐心擘划力刚遒。

悼一代球王马拉多纳

竞技风流众粉狂，行球幻妙自由翔。
谁言上帝伸援手？引线穿针不胜防。

游四明山鹁鸪岩

一径穿林上壁天，石亭临壑问湫烟。
水帘轻挂琴音漫，多少骚人喜弄弦？

三都九姓渔村

一纸诏书惊水岸，居江代代打鱼船。
朱皇料得千秋事？试看渔庄酒肆连。

注：明洪武年间，朱元璋贬九姓子孙于江上，世代永不得上岸。今九姓子孙已上岸聚居，或行商，或务工，或务农，可谓安居乐业。

贺北斗三号导航系统建成

九霄灯塔标明路，指引穿梭陆海空。
科技藩篱终突破，喜张天网助兴隆。

游梅城（二首）

子胥野渡

两岫衔江濯碧空，等闲襟带缚乌龙。

艄公呼客申胥渡，一叶扁舟入翠峰。

注："乌龙"指乌龙山。

登严州澄清楼

烟萝百里苍穹碧，群岫流川拱古城。

自在居高拥万化，天光一色看澄清。

女儿埠

景和日丽渚江清，浣女捣衣鸥鹭惊。

漾起涟漪摇翠岫，纤云画里赛风筝。

游武义石脸盆（二首）

蟒蛇出岫

修化千秋蛰壁巅，蹦岩裂谷出硝烟。

傲然昂首观天地，从此悠行纵万川。

天狗望乡

孑然高巇向西方，环翠回音尽感伤。

皓月当能常挂树，此生何必断心肠？

燕尾洲骤雨

风狂雨急鸟惊飞，绿上枝头点翠微。

一刬空明尘似洗，千条白练缚江矶。

游斯宅（三首）

千柱屋

木构千梁百米长，南窗北柱接连廊。
人间哪得炊烟旺？鸡犬相闻乐满堂。

小洋房

夫君何以隐青山？沪上名媛失笑颜。
借得小楼应畅叙，倾城之恋可相还？

华国公别墅

形势依山阡陌望，风光旖旎四时同。
耀宗明德如千水，汩汩汤汤不了终。

七言律诗

游义乌松瀑山

石阶远上九重霄，挂壁长湫舞白绡。
激滟波光寒气散，幢幢松影翠枝摇。
危崖隔日阴阳线，赤岸扶松左右寮。
访道桃源登葛岭，华胥千载问徐乔。

闲步神农山庄

老君丹末撒南山，化碧盈盈一水湾。
白石錾珠镶玉道，绿绸剪带接云峦。
花红点点清波漾，羽褐斑斑野鹜欢。
心合天人明镜里，栖丘钓月整峨冠。

白溪水库

远眺天门万象来，奔腾戏水翼襟开。
縠纹舞乐飞鸢下，篁筱摇姿纵棹欸。
垂钓一竿屏翳散，放歌千岫磬音回。
滢滢碧玉滋心润，毋忘铁肩夯坝锤。

九峰山

九指云峰天际线，东西横脉一挑肩。
三潭映翠磨瑶镜，数窟缭香拜律禅。
陶令庐幽陶令隐，达摩廊阔达摩眠。
足音空谷芙蓉涧，花语莺歌嵌碧烟。

映山红

彤云朵朵沐春风，锦绣初妆讷涩中。
珠露含英一分笑，蝉衣梳蕊几回逢？
若非啼血流霞岥，定是鸣冤望帝瞳。
君怨如虹愁酿雨，淋淋沥沥染山红。

陡深岭古道行

蓬草齐身没道痕，幽林蔽日昼如昏。
藤花赏目雁灯足，荆刺牵衣茅刃藩。
石坎高坡维彳亍，树莓红杞勿惊喧。
登临岫脊呼名士，一陡一深多悸魂？

游武义大红岩

崆峒立壁抚云霄，冠绝华东骇鹭鹞。
雁阵望夫岩上泣，松涛盘壑谷中摇。
映红波细湖山俏，盈绿风清竹海娇。
九曲台阶天路接，凡间仙境竞妖娆。

蚯蚓赞

曳尾泥乡甘寂寞，黄泉作饮好心肠。
似犁松土良肥积，如泵清涂腐气殇。
日蛰虬龙安地脉，夜行鼋鳝净瑶塘。
谁言缺骨定羸弱，不意耕耘增稻粮。

西江千户苗寨

贵山黔水碧芊芊，苗侗居幽世外天。
千户依坡云架屋，一溪穿寨石围渊。
风情竹笛飞歌劲，花貌银簪绣饰妍。
文化奇观集今古，农耕代代涌源泉。

秋思

瑟瑟秋风寂冷星，飘零黄叶逐浮萍。

念春蓬勃昂扬意，忆夏葱茏苗壮形。

岁月无情天易老，人生有志树常青。

登高极目山川秀，挥笔田畴绘彩翎。

方坑水库

山夹云岩势盖天，龙湫回壁泛清涟。

千寻石坝弧圈拱，百里松涛曲线延。

玉翠含烟隐沟壑，和风拂面入湖渊。

虹渠一路欢歌下，自喜乡民品醴泉。

中国天眼

宇海茫茫星寂寂，探寻生命解无知。

昔观哈勃开光眼，今视仁东射电基。

窝凼围环布天网，黔山张臂待仙耆。

脉冲漪动传音讯，可有文明日渐熹？

注："仁东"指中国天眼之父南仁东。

自灶头到盘前山道行

危石凌空攀绝壁，羊肠幽径入天高。
呼风咶耳松针颤，揽草弓身气息嘈。
一水泛汤渠引路，千岩叠叠树垂绦。
悠游美地心神静，留住青山养晦韬。

登双尖峰

乘云九界探双尖，蛇曲羊肠入眼帘。
莫道萧皇凌绝顶，且观锥石坐瑶蟾。
额头舢木砂浮脚，藤臂牵衣竹打髯。
精骛群峦游八极，丹枫潇洒染秋崦。

登天柱山

凌霄兀立千寻壁，汲沐仙霞石绽莲。
褶皱隆穹横断出，围岩塑体纵连绵。
东屏侳控吴天阔，西岭遥觇楚泊妍。
秋韵盈胸心自远，浮名蝇利一平然。

三叠瀑

乌珠岭下八仙溪，汩汩圜流似铁犁。
削壁开山切沟壑，洄涡激石架云梯。
追风白练千峰动，抚草轻波百鸟啼。
试问寒潭清几许？丽人妆镜画虹霓。

别聚贤厅

兰室馨香十载情，晨钟夕照烁星迎。
春山廓远群芳闹，秋水漪清众鸟鸣。
书卷劳形幽瑟乱，花茶润肺躁心平。
云亭搁笔酸辛事，只待东风送我行。

　　注：与我们相伴十三年（2005-2018）的语文办公室，即将说再见。贤者为祝学发、丁国君、倪成生、徐爱平、程新生、吴燕燕、陈宵、余芳、郭焕杰、邵吉青、王怡、叶雨声、邹菊兰、巴惠斯、房福建。

舞板凳龙

龙蛰坤川又一年，虬枝起舞戏清涟。

锣声爆竹烟花绽，丝带彩珠穹廓延。

灯枣颗颗千福纳，板桥节节众心连。

旋身矫首天呈瑞，祈望春霖绿圃田。

天龙山龙湫吟

擎天龙柱割阴阳，环翠凌云气贯肠。

一缕银丝穿碧浪，千颗玉粒入霓裳。

巉岩兀立扪参宿，罅草孤垂赏壑芳。

远眺石关呼诵子，御风随尔叱群羊。

注：戊戌年二月十二日，丽泽后学研游义乌天龙山。是日，天朗气清，风和景明，繁花锦簇。研友拾级而登，虽不着谢公之屐，仍能御风而行。朝妹特立，踩尖跟之履如行云，使诸公汗颜。笑声盈径，尤燕妹堪能震天；快门轻闪，唯辕兄擅长选景。此行静妹之坚勇特难忘之，下阶乃一步一趋不言弃。自甲午洎今，研友未曾同乐游，乐游于是乎始。兴致未消，夜不能寐，赋七律一首而记之，一笑罢尔。同乐！同乐！

是日，同游研友为世群滕公、杰兄吴公、一凡翁总、新辕陈公、成生倪公、新生程公、玉柄张公、爱平徐公、志鑫张公，佼人吴燕燕、余芳、郭焕杰、陈宵、陆静、叶雨声、陈凯丽、邹菊兰、邵吉青、李朝。

游铁堰水库

四围苍岫汇琼浆，穀皱和风熠熠光。
篁竹幽深笋芽密，茗茶稀嫩叶苞香。
一竿垂钓闲云远，千雀叽鸣庚气强。
俗事经伦应自量，心如止水莫张狂。

杭高印象

百廿桐花贡道边，岐嶷养正慕先贤。
春风化雨芷芳润，蜡烛生辉圭臬专。
稽古开新宽眼界，扬清激浊浚心泉。
他山砺石唯攻玉，俎豆千秋德泽篇。

黄山八面厅

背依纱帽凰溪畔，华宇雄浑几世光。
八面连廊回字正，三雕显艺斧工强。
浮圆镂线平微透，富贵升仙吉寿昌。
黛瓦粉墙彰翠岫，天人合道玉街房。

注："纱帽"指纱帽尖山。"三雕"指木雕、石雕、砖雕。
颈联第一句指雕刻的技法种类，第二句指雕刻的题材种类。

探游箬阳龙潭

盘壑幽幽隐密林，循湖绕径过嵌岑。
危乎石坝插云海，碧尔涧流溶玉簪。
臼窟盈盈潺水细，崖岩叠叠绿苔深。
不闻涛濑千峰寂，历尽沧桑始到今。

恩施大峡谷一炷香

霹雳开山震九天，訇然坼裂遁青烟。
骄阳炙烤层岩碎，淫雨侵淋一柱穿。
穹顶苍松风飒飒，膺怀绿野水溅溅。
心香一立乾坤阔，定壑缭云虑静禅。

恩施清江蝴蝶崖

汲水清江入画廊，菱花镜里整容妆。
霞为粉黛敷金翅，瀑作银钗锁碧囊。
顾影立怜生丽质，追云可叹矗危墙。
翩翩欲济千沟壑，阅遍芬芳揽芷香。

纪念百川先生

日前，收到清华大学姚彦教授寄来的曹谦（百川）先生的《文学概论》，喜而作。

婺儒宏富张高论，授道金中秉圣言。
昔举雕龙灵性美，今观构作翰辞繁。
唯真述古春秋笔，贵简行文意蕴魂。
惠泽吾家三学子，业成回念谢师恩。

注：20世纪10至50年代，曹谦（百川）先生曾在金华一中任语文老师，是表伯卢福康（大地测量学家）、大伯方镛声（光学专家）、舅舅金博文（杭州大学教授）的高中语文老师。据他们回忆，曹先生对他们的人生道路有着重大的影响。卢福康临毕业，曹先生找他谈话，了解了他家的经济状况后，特意推荐他报考南京中央陆地测量学校。此学校为国民革命军军校，可以免学费入学，且由曹先生的弟弟曹谟（中国"测量之父"，时任国民革命军中将、该校校长）主办，由此卢福康走上了大地测量之路。接着大伯方镛声也考入了这所学校，后因测绘仪器的短缺，改行从事专攻测绘仪器的研制开发工作，成了光学专家。

陈凯丽老师婚礼赋

佼人佳节庆新婚，彩帜鎏金入喜门。
一束香花情似海，满堂红晕福如暾。
怀恩父母诠仁孝，执手天涯寄恋魂。
却扇今宵观皓月，弄璋之日更温存。

晒秋

五谷飘香好个秋，农家晾晒庆丰收。
敦哥挂串西窗下，喜嫂摊椒北埠头。
呼犬顽童偷薯片，追风少女摘花球。
小姑剪得斑斓彩，织段乡情倚翠楼。

西湖大学成立感怀

昔吟潋滟湖光美，今颂黉宫勇创新。
四海招才人是本，八方捐款学为真。
赶超欧美雄心壮，摒弃仕名凡事纯。
立足科研明物理，风流当领万年春。

悼金庸

大侠西行恸九州，武林从此泯恩仇。
射雕郭靖长弓偃，透骨欧阳毒指收。
沙漠有情封夕照，江湖无意滞烟舟。
梦虚仙境重开笔，剑气凌云一采旄。

注："采旄"原指帝王，这里是侠帝之意。

读《浙江方氏支系汇编》感怀

姓氏传承如大树，枝枝叶叶不离根。
风吹籽粒多繁衍，人遇灾荒几涉奔。
生计无忧怀故土，家邦已治访新村。
溯源尊祖弘宗德，图系成书惠子孙。

注：近日，由81岁高龄的父亲主编的《浙江方氏支系汇编》第一卷付梓了。此书的出版意义重大，方氏在浙江的地域分布、来源、迁徙等情况由此一目了然。父亲为编此书，不辞劳苦踏访了各个方氏村落，搜集了许多珍贵的资料。在这个过程中又得到了许多方氏企业家的支持和赞助，如温州龙港的方文彬、金华金东的方建勋等。

遥寄阿君同学

卅载光阴似水流，忆君莫诉杏坛愁。
芙峰有意听赓曲，婺水无心送艋舟。
剪段云丝连异壑，拟行诗赋慰同俦。
音容久失天涯雨，南雁何时过北楼？

行走天堂庵

九曲萦峦接大荒，万重峰廓正苍苍。
挖机犟斗开新路，流哨传音荡碧梁。
柳点瑶池仙子笑，花妆坡地彩云祥。
依稀梦里桃源境，犹似松乔吒石乡。

清华大学校长梅贻琦

清华奇卉一枝梅，傲雪凌霜独自开。
执念不移听众意，护生无悔顶风雷。
大师云集唯贤举，君子潮奔为德来。
格调清平何谤语？化泥还助百花栽。

紫岩续韵

畴曩琴音入云际，紫岩留韵伯英情。

赋名吟草求纯质，抒意流光有雅声。

婺水西行俦侣失，赤松前瞰树芽萌。

拙诗成集思先辈，不堕箕裘续鹤鸣。

注：大伯方镛声，字伯英，著有诗集《紫岩吟草》

昨日重现

九霄云际闳门路，幻影重开昔日光。

书卷晨辉青鸟早，笛惊岸柳鳜鱼惶。

时阴不待香花谢，情愫多磨彩蝶伤。

华岁悠悠风月老，空留夕照诉衷肠。

登大安寺后山

虬龙戏水清湖畔，安卧林丛曲曲身。
南睇连绵峰脊秀，北观栉比宇楼嵬。
彩云片片悠然去，白鹭双双倏尔来。
寺鼓沉音流岁月，礼禅千载几时回？

注：腊月十四，余随刘春芳、陈新辕、倪成生、胡爱平访千年古刹大安寺，其后登后山。后山形似卧龙，临巅远眺，山河溪水库、澧浦镇街、南山群峰等尽收眼底。湖光山色交相辉映，其间白鹭翔集，彩霓飘荡，万类竞自由。大自然的宁远祥和让人油然而生感慨，遂留七律一首记之。

访汉灶村婺州窑博物馆

八婺古窑何处觅？今来汉灶访遗陈。
红泥作料精雕塑，彩釉为颜细点匀。
源溯商周夸匠艺，瓷销郡县满江津。
名扬四海传薪火，国品风流又一春。

赴沪顺访方艾里大哥

今宵沪上重相聚，经别三年话语多。
身体安康行事顺，子孙欢乐喜家和。
未唉科创难千点，已笑功成奖一箩。
报国平生无悔憾，莫言名利恼人何。

注：方艾里，总参谋部某部正师级大校高级工程师，军队专业技术四级，我国空间监测研究领域的创始人（国防科技大学胡卫东教授所撰的《中国空间监测史话》语），因在空间监测方面取得的研究成果而荣获国家科技进步一等奖、二等奖各一次，中国科学院、中国人民解放军全军科技进步一、二、三等奖多次。

行走慈溪岭

峻岭横天骑四县，经行蹬道入云峦。
绿茶怡目清风爽，修竹哈腰彩雉欢。
长啸灵音回壁壑，遥觇白屋走泥丸。
何方胜境流连意，坐爱采薇心地宽。

注：腊月二十携楼金土、陶文强、倪成生、胡爱平登四县市区（金东、武义、义乌、永康）交界之慈溪岭。虽跋涉艰难，但阅风赏景颇有情趣，于是以七律记之。

忆钭东星老师

乌云蔽日山河暗，策马行空滚万雷。
话下唐音多哽咽，烟头星火独徘徊。
流离不失儒风骨，呐喊当登杏苑台。
脆卵决然投击石，绽花尤比入觥杯。

注：今读钭老师自叙，颇有感慨。钭老师才高不遇，不畏权势，敢说真话，几陷囹圄而持节不屈，颠沛流离而终抱信念。回顾先生的课，讲授唐诗宋词，娓娓道来，动情之时潸然泪下，此真性情也。

石头园山道行

曲龙犁垦上盘峰，我欲循其探石嵩。
清涧流歌风寂寂，纤云簇岫影丛丛。
飘零木叶山花老，落魄岩墙蕨草丰。
岭鬐阴阳两重境，向明驱晦是心衷。

注：腊月余暇，随文强陶公上曹宅石头园，饱览金华山冬季美景，有感而赋。

忆二仙桥老街

仙道仁心架石桥，赤溪潺水送晨谣。
吆呼果饼都低卖，夸赞农资最畅销。
义质堂前栖燕雀，茶坊幡下话松乔。
乡音入梦枕春柳，好趁东风飞纸鹞。

注："仙道"指赤松二仙黄初平、黄初起。据说赤松溪两岸居民因溪水相隔，来往不便，二仙遂架石桥一座，方便居民往来，仙桥老街由此连成一体。当地居民称此桥为二仙桥，以示纪念。仙桥老街也是金杭古道的一部分。

访陈垴头村遗址

金兰胜境春光美，入垅寻芳眺秀峰。
碧水潺湲随我乐，茂林阒寂覆荫浓。
昔时红豆参天树，今日高台历史踪。
翠竹盈崦风啸客，七贤酾酒敞心胸。

注：三月初，随翁一凡、胡爱平、倪成生访翁一凡老家琅琊陈垴头村遗址。世外桃源的风光让人陶醉，喜而作。

过门阵村

车循溪涧入深川，丽景逢春岫更妍。
转水叩山千仞壁，回风吻竹九重天。
石亭观浪偎崖峭，松阵连云蔽壑渊。
游击当年凭险势，粟师燎火遂汤宣。

游仙居上吴村

神岫凌云势拔天，通幽曲水泛清涟。
和风谷壑花盈袖，好客山村福满堂。
石磡沧桑弥古韵，溪潭碧透映香樟。
何方揽翠心怀上，银瀑相随访谪仙。

痛悼郑公建伟

惊闻玉帝召兄台，倒海翻江万壑雷。
才失黉门公式乱，心怀学子暮云哀。
长城缺石谁堪补？高岫遁鹰弓怎开？
倚箓飞天扪九界，灵光闪闪下凡来！

方祖岐将军访故里芦茨感怀

耄耋怀思故里行，白云源上有琴声。

松高着墨描新景，水秀摹图赞美名。

戎马箕裘一生愿，郢词文道万年情。

吾宗代代人才出，当数将军举国旌。

注：2019 年 5 月 10 日，南京军区原政治委员方祖岐将军回桐庐芦茨故里考察。是日，父亲赴芦茨向将军介绍了方氏宗谱的相关情况。将军工诗书画，父亲向他赠送了吾之拙著《耒耕集》，将军挥毫题字以书法作品回赠。

上汪樱桃红

长山南麓果飘香，久慕赤松来上汪。

翠下红珠娇欲滴，篱前细语乐而扬。

轿车盈道风清爽，雀鸟漫天云吉祥。

最喜提篮农妇笑，今春摘得满钱筐。

游绍兴东湖

会稽形胜人文景，山水东湖万仞崖。
一叶乌篷穿月拱，千颗白玉入心怀。
停舟驻跸来嬴政，采石补天飞女娲。
倚阁听湫弹越曲，籁音盈耳漫瑶阶。

淳安文渊狮城

浙西天府文渊邑，浩荡湖波水下城。
画栋雕梁承斗拱，马墙兽瓦衬方旌。
登临塔阁观星屿，瞻仰牌坊慕德行。
千载繁华重现世，喜抒古韵和民声。

注：千岛湖文渊狮城是国内首个非遗生活体验基地，也是千岛湖水下千年古城的完美展示地。1959年，为了建造当时最大水利枢纽工程新安江水电站，这座唐代"浙西小天府"、中国遂安文明发祥地中心的古城，一夜间淹没在碧波之下，成就了千岛湖波涛万顷的秀美。而人们却不曾忘记对水下古城的向往。根据千岛湖水下考古的成果，这座水下千年古城的精髓被原样复制于陆地之上，将沉睡于湖底的古城再次展现在世人面前，也让更多人能够亲手触碰这座无与伦比的美丽古城。

参观大明宫遗址公园

盛唐气象霓云漫，权柄神州廿一朝。
圣意流光达江海，人心葵藿慕箫韶。
凌波太液舼筹动，解语芙蕖画扇摇。
廊殿成灰威势失，唯留蝉唱伴孤苕。

参观秦兵马俑感怀

雄阵威扬四海惊，强秦虎啸踏长平。
关中沃野横矛戈，渭水清流厉甲兵。
为守帝陵潜入土，当安社稷拱围城。
始皇难料风云变，痛失千军偃国旌。

西安城墙

拱卫西京千百载，风霜雪雨自岿然。
晨光煜耀催城醒，云浪翻腾送鸟旋。
雄踞箭楼窥禹域，高飘旗幛掩秦川。
废都无语空嗟叹，唯有文明万代延。

游延安宝塔山

仰慕延河宝塔雄，迄今思绪更无穷。
高坡虎踞嘹歌劲，黄土云扬骏马匆。
剪影一帧枪刺冷，落霞千壑战旗红。
喜迎社稷新时代，圣地光芒耀宇空。

参观冯雪峰故居感怀

少年筑梦神坛巷，秉烛温书夜漫长。
天井熹微忙下地，竹鞭清脆急回庄。
睡歌忆母伤心泪，湖畔吟诗美韵郎。
文艺批评持信念，纵然坎坷志弥彰。

注："睡歌"指冯雪峰回忆母亲的文章《睡歌》。"湖畔"指湖畔诗社。

过梅江通洲廊桥

婺严古道一廊桥，岁月留痕万事消。
行脚商人探亲客，学堂儒士赶墟樵。
千回梦里尝梅酒，几度溪边放纸鹞。
风卷旗幡羁鸟宿，枕流向晚看云烧。

痛悼谢高华

初心质朴为民生，一路开山逆势行。
能助鸡毛飞赤县，甘拿官帽兑微名。
洁来洁去修身正，实干实求为政清。
肃穆苍天潇雨下，乌伤泣泪感恩情。

注：送别谢高华的那一天，久晴未雨的老天也下起了雨。

八岭古道行

乌伤八岭厝南乡，古道蜿蜒涧水长。
石拱屐痕藤蔓老，夕霞木叶草茅荒。
放歌一路惊云雀，留步半坡观梓樟。
思绪随风飘万壑，从今遁俗啸幽篁。

登江东岩岭

莽蓁布径荒凉地，彩锦披坡好个秋。
惊叹乌岩接天际，恐言深壑隐云虬。
牵衣滞足荆榛密，挥汗攀枝体格优。
一览群山皆伏势，心拥万化欲何求？

从盘前到田峡

早趁春光到大盘，势雄气壮俯金兰。
听泉十里山花艳，跨步千寻径草寒。
南麓菜畦横坞岭，北坡竹海啸峰峦。
阴阳欲割分长短，天地于心一样宽。

注：早春三月，余与楼金土、丁国君、陶文强从盘前村跨越大盘山到兰溪田峡村后再回返，历时三个半小时。

行走龙门山

朝自红岩向岭东，羊肠小径贯林丛。
茶园远眺越龙岗，竹海劲吹归鸟风。
欲放行囊丢木杖，但临流涧洗眉瞳。
惊闻断壑飞湍瀑，更喜高崦不老松。

注：三月中旬，余与丁国君、倪成生、胡爱平从兰溪红岩脚村出发，向东登山跨壑经龙门村折向南绕过龙门尖到达武平殿村，再取道大盘山与龙门尖之山垭口向北回到红岩村，全程12公里左右，爬高1060米。

参观澧浦蒲塘文昌阁

崇文尚武民风朴，先祖王公眼界宽。
菡萏馨香弥古弄，经书厚重勉清官。
烛光微放寒窗日，蟢脚轻摇吉兆年。
帝圣明恩常护佑，箕裘不坠定邦安。

注：蒲塘进士王廷扬进京赶考前，每夜在文昌阁秉烛读书。有一夜，一只蟢（蜘蛛）吐丝从梁上挂下，离书三寸时又往上爬，如此重复三次，十分罕异。直到发皇榜高中进士时，村民才恍然大悟，原来"蟢"与"喜"谐音，这是文昌阁护佑读书人的佳兆。

墈塔行

一径通幽叠嶂川，鸟鸣三县贯清泉。
近觇深壑烟萝蔽，直下高台瀑水潺。
枯叶落樟辞岁去，方舟纾难护师还。
芃芃野草沧桑月，心若游驰浩浩天。

注：墈塔村位于金东、义乌、武义交界处。金华一中校长方豪曾带领师生避难于墈塔村。墈塔村民现已移居至澧浦镇上。

南山寺古坪

婺南毓秀慕高崦，车入龙川卷翠帘。
红艳香莓娇欲滴，萌憨白犬速来觇。
报恩亭外流泉急，禅寺堂前祭火炎。
不见僧尼溪岸会，唯听梵鼓百灵甜。

注：寺古坪山上有一座南屏禅寺和一座尼姑庵，传说婺剧《僧尼会》《玉蜻蜓》的故事就发生在这里。

山河溪水库

形似大鲵潜碧壑，流川探景恋江原。
御风送水浇千陌，拱道行车接百村。
屋宇清涟相映照，云霓翠巘竞追奔。
山乡毓秀黎元幸，筑坝功成惠子孙。

游九泄十八滩

天帝开河泻银水，滔滔尽在翠崦中。
碧潭飞瀑寒烟散，奇石游鱼白浪冲。
沁汗肤红捱暑气，浸身泉冷颤山风。
可知长壑谁犁出？玉液叮咚不了终。

访武义范村

一江开闼平川阔，绿掩村墟黛瓦高。
范祖威仪申族训，宋朝宰相立精旄。
祭樟祈祷千年福，访舍来观六只鳌。
阒寂文房寻雅韵，雕梁墨迹问风骚。

注：武义范村是范仲淹后裔聚居地。5月中旬我与徐扬、胡爱平、俞志宏、倪成生参观了这里的古建筑、古樟等遗陈，颇有感触。

金东人才公园

四海精英集一园，表彰宏业固乡根。
江流浩荡春风暖，知识丰饶邑学纯。
引智求真名士出，搭桥种树凤凰屯。
北山灵秀开新笔，八婺尊才定格言。

参观兰溪洞源范氏家庙

灵山秀水洞溪源，范氏高风荫子孙。
崇德千秋成望族，推贤百代构名村。
先忧国祚胸怀广，后乐己身苗裔繁。
盛世齐家修祖庙，彰扬礼韵护遗存。

参观黄宗羲纪念馆

时序三秋拜大儒，梨洲德范展文图。
心怀社稷青云志，手握毫锥雅士途。
经史遗篇多浩瀚，书堂致学少封愚。
先师慎独终为继，民主之声鼓又呼。

四明秋色浓

层峦尽染四明红，发卡穿波醉老翁。

绿袖黄巾长擅舞，白云蓝玉紧相融。

绵延地垄千秋画，错落林原一斗篷。

潋滟湖光山隐秀，似临箕颖沐商风。

注："发卡"，四明山的一段环山公路形如发卡。"箕颖"，箕山和颖水，许由隐逸地，后多指隐者所居之地。

访狮岩坞村

大坞苕峣九折旋，清溪出岫水缭烟。

列川华屋农家院，出嶂修篁石岗泉。

笑问山人冬笋价，惊观玉霰竹龙渊。

何须踥蹀寻商皓，此地采薇多谪仙。

注："大坞"指沙畈境内的大坞尖。

游诸葛八卦村

八卦图腾构石塘，高隆族训大公堂。
德仁诫子承忠武，静俭修身据典章。
留范千秋濡后裔，传名四海放华光。
旅游文化当思虑，丞相原来不重商。

大寒尖

擎云锥柱定坤乾，壮气东来一脉穿。
叠嶂重重纹碧壑，广原荡荡构良田。
应怀八婺钟灵地，当赞千年毓秀川。
又立熙春观勃发，凌空万仞逐飞鸢。

词

江城子·春思

平林漠漠接苍穹。雨蒙蒙，水淙淙。一带寒烟，朝暮几回同。梦里合欢追彩绣，心戚戚，乐弥空。

春归春去叹花红。别东风，太匆匆。零落香泥，孤影醉霞中。此处经年应好景，杨柳岸，意相逢。

醉花阴·小同村

滴翠湖湾鸂鹭早，迎客争相笑。云淡又天高，黛瓦红墙，春意枝头闹。

潺潺涧水清音渺，莓果香花草。林壑醉危峰，孚笋多情，娇韵催人恼。

满江红·剿灭劣五类水金东民主党派止方村行动

幽寂乡村，抬头望、红墙黛瓦。经停处、绿妆山岗，果香盈野。纵览葳蕤心畅亮，一潭澄澈滋庄稼。快加鞭、涤荡秽污源，摹新画。

红旗动，行令下。长号啸，群情咤。剿灭乌龙役，绘描华夏。明镜青峰何澹澹，小桥流水农家舍。展未来、看八婺风光，松乔讶。

一剪梅·与汤浩江金磊金维新邵锦平郑荣泉等同学饮

豪气凌云白堕欢。杯底红团，言下彤斑。今朝放醉尽开颜。白水涟涟，金蕊妍妍。

心字何须俗世烦。刘锸行安，沧浪随缘。一分夕照几时观。过了青峦，上了银滩。

长相思

路迢迢，水迢迢，倩影茕茕过月桥。凌波舞碧绡。

叶儿飘，草儿招，恨不相逢愁雨潇。一壶残酒浇。

御街行

春光似梦佳音漏，独对月、人空瘦。蒙蒙烟柳汉河桥，织女牛郎翘首。嫦娥舞袖，吴刚捧酒，寂寞香花嗅。

千言肇始相拥守，立誓约、黄昏后。思风念雨寸灰长，断了纤纤丝藕。阑珊灯火，遮山滞水，弦绝关情窦！

忆江南

磐安好，水秀绿重山。木耳银针磐五味，夹溪百丈落潭湾。炼火祷平安。

渔歌子·荔波

缭白萦青七孔桥，楚林花雉暮云飘。吹笔管，舞芦箫。悠悠星火点民谣。

调笑令

秋草，秋草，石阁寒烟古道。残阳断影红绡，临窗惹恼老鹟。鹟老，鹟老，空等荒鸡报晓。

如梦令

明月几时归去，举酒托云喃语，寰宇寂无声，独对广寒难叙。思绪，思绪，乱我梦乡欢聚。

洞仙歌·登齐云山

巍巍白岳，若瑶宫仙地。万丈丹崖接天际。近蓬莱，绝嶂窥视诸峰，临洞府，鹤羽星冠霞帔。

恁香炉寂寂，雨蚀风侵，万载沧桑已凝滞。喜五老苍苍，率水汤汤，舒云淡，镶黄倚翠。自叹惜、金秋几时重？送旦暮、年华霍然流逝。

注："香炉"指香炉峰。"五老"指五老峰。"率水"指休宁率水河。

水调歌头·大盘尖

势拔三千丈，俯控婺衢兰。崦穹一色澄碧、凛冽遁飞鸢。龙笏北南崖堑，丘壑纵横天际，庐宇置川原。东隐双尖嵝，积道走泥丸。

赤松石，仁山笔，赋鸿篇。仙风儒骨安在？往事入云烟。岁月无情不老，草木葱茏必戮，造化固宜然。归鹤长空下，暮血洒青峦。

注："双尖"指金东区最高峰双尖山。"积道"指澧浦镇境内的积道山。

唐多令·过徽杭古道

峰峙割阴阳，龙门客断肠。入云霄、危壁凌霜。乱石塞川潺水
噎，行翼翼，独彷徨。

空寂莫哀伤，留痕雁迹长。染层林、彩岫霓裳。黛瓦粉墙风瑟
瑟，心气爽，赏秋光。

点绛唇·感怀李元老师赠《老学堂》《流年未歇》

耄耋情怀，耕耘不辍流年乐。一心雕璞，构画书新作。

方格无声，楮墨诠恩泽。桃花灼，学堂音阁，古婺星光烁。

离亭燕·老石桥慢生活区

修竹茂林溪涧，石道小桥藤蔓。黛瓦琉璃庭寂寂，古木流香珠
霰。翠鸟戏枝梢，漠漠卿云丝缦。

如画山乡怀远，秋韵萦峦歆羡。簇簇红枫霜染醉，恍若桃源花
璨。拾磴上巉岩，喜瞰赤松新变。

唐多令·绩溪龙川村

峰秀峙龙须，登源蛰凤梧。跨虹桥、连岸桑榆。黛瓦粉墙形叠嶂，观奕世、四和图。

檐啄马头吁，千年古韵濡。抗东倭、宗宪先驱。百米水街思敬祖，崇望族，绩溪胡。

注："奕世"指奕世尚书坊。"四和"指和谐、和顺、和美、和鸣，是保存在胡氏宗祠内的木雕精品。

蓦山溪·溯八仙溪上乌珠岭

峰峦会聚，两岸生嘉树。沟壑架长桥，溪石鳞，泉流几缕。茅丛陡坎，藤蔓扯衣襟。岩崖踞，枯枝阻，曲折穿园圃。

羊肠碎步，险困心无沮。柳暗又花明，唯气概，驱云拨雾。行途厄苦，峻岭一重重。关山度，和风抚，乐境佳人谱。

眼儿媚·电影《芳华》感赋

人生多彩忆年华，歌舞绽绒花。青葱岁月，英雄血染，红胜朝霞。多情总被无情恼，回首夕阳斜。芳菲斗艳，春秋代序，命若流沙。

调笑令·雪

银絮，银絮，慢慢悠悠飞舞。茫茫叠叠山湖，清清寂寂步趋。趋步，趋步，蜡狗苍龙脱兔。

水调歌头·登天龙山

北瞰稠城道，鹰睇丽州闾。平川漫远畴阔、千岫舞裙襦。蛇柱倚天兀立，虹首凌云惊鸟，曳尾划长弧。吴越西南拓，至此万崦殊。

杰人地，民风朴，育鸿儒。诤臣鼎甫、承训诂义理之衢。一贴悬壶济世，德泽八方黎庶，格致论虚无。赤岸龙溪水，仰止慕双朱。

注："鼎甫"是清末理学家朱一新的号。"一贴"是元代著名医学理学家朱丹溪的别称。"双朱"指朱丹溪和朱一新。

点绛唇·寺口垅水库

潋滟湖光，远山含翠闲云去。一蓑烟雨，风静孤松伫。
胜似潘溪，钓叟居何处？飘仙羽、寂寥归鹭。目断龙潭路。

柳梢青·拜访李元老师

华庭征瑞，闻赓歌醉，师生情谊。陆海潘江，书香盈屋，笔耕明志。

古稀犹比知非，矍铄态、行云揽辔。不泯丹忱，沈腰虽减，钩玄难寐。

望海潮·上海外滩

楚原申邑，东方形胜，潮连扈渎茫茫。开埠集商，通江达海，绵延十里洋场。涛濑尽沧桑。忆硝烟兵燹，万国桅樯。裂地围城，黍离悲辱洗壶觞。

新元紫气朝阳，浦东高宇矗，谱写华章。金钥拨云，明珠耀廓，千舟自在穿航。瞻画卷长廊，彩帜尤怡目，夕照霓裳。大吕洪钟激越，阔步上康庄。

点绛唇·思远

残柳思春，婀娜倩影当风舞。一莺飞去，薄暮听悲语。

远嶂重重，梦里烟萝处。空相许，断魂丝缕，遥挂冰轮睹。

青玉案·湖海塘之夜

霓虹映画湖光炫，风寂寂，波澜散。翠木灯花齐放绽。拱桥廊苑，计温针变，三馆回眸看。

欢歌曼舞开绸扇，笑语盈盈话依恋。稳步躬身牵猛犬。亦如西子，四围星灿，婺邑春来暖。

注："三馆"指伍育中心的三座体育场馆。

庆春泽慢·过马岭

车驾杨横，稠州北嶂，浦兰一脉参差。崎路蜿蜒，连峰叠翠重帷。回眸陡壑飞鸢过，石嶙峋、望月峨嵋。美人思，远睇龙川，海怨云悲。

冈关据险从头越，恁苏州宇殿，幡动香弥。烂漫山花，风情映入天池。松涛激荡胸襟阔，息觎心、坦坦无羁。几何时，碧落群崦，任尔奔驰。

注："望月峨嵋"指马岭主峰，又称"尼姑望月"。"美人"指马岭的石美人岩。"苏州宇殿"指马岭的苏州娘娘殿，传说明朝开国皇帝朱元璋的苏州娘娘曾在此避难，后人修殿祭祀。

是日春光明媚，携陈新轩辕、倪成生、庄金友同游义乌大草坪，过马岭而赋之。

解佩令

别春归夏，啭鹂阴木，看烟萝、接水连天际。灼灼金乌，送热浪、气凝心滞。懒回眸、犬随蝉唳。

莫思双七，莫观流火，慰平生、否安同济。万里江湖，荡轻橹、垂纶飘袂。笑风流、遁云而逝。

南乡子·成山头

大浪逐沙舟，旭日彤云下白鸥。沧海茫茫穷碧落，何求？遥望周遭尽自由。

汉武亦东游，赤雁歌篇浩志酬。裂土封疆归一统，秦侯。壮节平倭誓不休。

注："秦侯"指秦始皇。"壮节"是北洋水师将领邓世昌的谥号。邓世昌驾致远号撞日舰吉野号就发生在离成山头十几海里的海上。

过秦楼·恩施土司城

　　轨制元清，执司权柄，驾御一方黎庶。朝门厚重，功德高崇，蝠拱古钱祥预。王府九进堂前，瞻祭先君，典钟鸣鼓。愿宏昌亘古，听涛茶苑，伏龙降虎。

　　追往昔、劈拓蛮荒，巴人坚勇，击豹斩蛇防楚。彤云漫漫，夷水清清，谷壑广原漂橹。苗土文明滥觞，行侠安慈，立崦驱雾。百年风雨过，改土归流息武。

永遇乐·恩施大峡谷

　　天佑施州，千川万笏，奇壑嘉树。幽谷烟萝，云峰吻簇，胜境翘荆楚。寒泉彩瀑，香河邃洞，睇兀立擎穹柱。几何时、神祇劈地，秀山丽水相顾。

　　龙船清调，土家情愫，击棹桨音合渡。幺妹阿哥，支颐送目，雾敛花娘妒。纯真乡俗，蓬蓬石岫，迷醉桃源深坞。恁光景、临风把酒，峭崖逐兔。

西江月·恩施清江画廊

百里风光似画，奇峰绝壁连绵。九天银练送江船，云透霞光一片。
莫道仙源难觅，心临此境悠然。山庐隐翠鹭翩翩，漾起涟漪不断。

阮郎归·与邵锦平祝华勇畅泳三汶塘水库

金轮悬岫热风吹，平湖縠皱熙。四围青黛沐霞辉，鹭鸶嘹唳飞。
掀白浪，换斜姿，畅游空自驰。人生击水正当时，濑涛安可羁？

点绛唇·秋雨

一划寒珠，跳窗不辍三更鼓。朔风凄苦，木叶追趸步。
绿绮清音，切切闻私语。缠心句，巷中羁旅，款款丁香女。

人月圆·金中丽泽湖

湖天一色凝澄碧，佳景画中观。水台亭阁，柔云翠柳，秋韵盘桓。
先贤巨擘，千年翰墨，无尽源泉。儒风泽畔，弦歌不辍，学子
开颜。

琐窗寒·外婆去世周年祭

暮霭沉沉，秋风阵阵，暗窗欹树。眉峰紧蹙，锁不住三更雨。一声声、阶空瓦阒，故人蹀躞平和语。看恁云霄处，鸾丝零乱，老鸦趋步。

回顾。天蒙曙。点灶上炊烟，早餐茶煮。脏衣涤洗，择菜饲猪浇圃。俭持家、勤苦任劳，素心质朴稀愠怒。念思飞、笑貌音容，举以丹樽俎。

注：外婆郭春花，仙桥郭村人氏，嫁入东孝雅芳埠村，一生勤俭持家，任劳任怨。于 2017 年 8 月去世，享年 95 岁。

忆江南

秋水碧，叠嶂染红枫。气爽天高云淡淡，屏风画里倚虬松。一字唱飞鸿。

注："一字唱飞鸿"句。童谣有云："天上的鸿雁一字飞，天上的鸿雁人字飞。"随谣歌声，天上飞翔的鸿雁雁阵会变换一字队形和人字队形。

忆江南

乌伤好，市场竞繁华。货达九州通四海，八方商贾列如麻。物美价廉夸。

忆江南

乌伤好，人杰地灵中。宗泽丹溪今望道，民风古朴盼成龙。教育力称雄。

忆江南

乌伤好，特产数红糖。蔗梗如林输榨厂，麻花上蜡散清香。甜蜜沁心房。

注："麻花上蜡"指把麻花放入浓稠的糖水中搅拌，取出后，麻花表面附着的糖汁红润光鲜，犹如涂了一层蜡。

忆江南

东阳好，工艺木雕名。画水歌山横店景，三千教授望乡情。影视更荣兴。

瑞鹤仙·忆外公金瑞垣

盼云凝水滞，惜岁月流金。笑容犹记，谆言诉心志。出工耕耘后，读书推字。新闻国事，必探究、因由走势。早操劳、勤俭持家，阔达乐观纯粹。

曾识。助兄开会，放哨延宾，不言劳累。友朋名士，叔时至，总陪侍。待全民抗战，激情澎湃，也拟驱除鬼魅。历沧桑、沐雨经风，一生不悔。

注："叔时"即陈叔时，浙江慈溪人，外公二哥金瑞本的好友。后陈叔时离金赴武汉、重庆，想带外公一起去，外公因父母的反对而未成行，晚年提起这些事，不免有些许遗憾。1999年9月，外公去世，享年84岁。

醉太平·秋思

青峰意羞，红楼梦愁。曲终人散云收，恨飞鸿别洲。
芳华不留，真情莫求。沈腰潘鬓心纠，更何堪暮秋。

渔家傲·望秋山

远望秋山萧瑟意，纷飞落木苍凉起。赏望秋山林染醉。风景异，
寒烟夕照连峰闭。
凝望秋山云水滞，平生一粟浮天地。回望秋山千古事。多少泪，
流光尽付千山洗。

虞美人

白云天际飞鸿渺，倩影枫林道。依稀别梦已成荫，怎奈红尘漫
漫隔瑶情。
危楼昨夜灯花老，只待星辰耀。年华易逝哪堪哀，唯有吟风弄
月畅抒怀。

渔歌子·秋收

西畈金波十里长，酥梨蜜柚稻飘香。呼靓妹、赛阿郎，赶车挑担湿衣裳。

渔歌子·刈麦

一把钩镰一罐茶，三分畦麦似金纱。挥汗雨、逗田蛙，捆禾装筐日西斜。

丑奴儿·元宵

湖山一色灯如昼，众里寻芳。众里寻芳，此去经年别夜长。
今宵又见花千树，谜字心藏。谜字心藏，揾入壶觞醉倒郎。

丑奴儿

喧嚣酒肆霓灯灺，细雨轻寒。细雨轻寒，对影成双别念残。
平生莫怨琴声渺，偶聚难欢。偶聚难欢，只为情殇断了弦。

点绛唇·春

三月东风,绿芽花瓣相争俏。燕莺催晓,柳浪迎船棹。

丽景柔光,萌动初情早。南坡草,露珠多少,恰似君含笑。

西江月·夜金东

一带江干挽翠,鳞波映荡灯花。彩桥横卧水流车,闪烁霓虹大厦。

缓缓和风拂面,游人宿鸟兼葭。纯然静美洗铅华,情侣呢喃月下。

水调歌头·德胜岩揽胜

久慕稠岩美,胜境有奇观。石龟昂首凝目、往事越千年。独忆天台荆楚,背负苍生无怨,今日踞高巅。洞窟安神庙,香火旺人间。

拜胡帝,瞻左右,秉心虔。婺州大地、齐向和乐盼清官。百里车流浩荡,商贸繁荣物阜,谢氏绘新颜。都道乌伤好,水秀润家园。

注:"左右"指左胡公寺和右胡公寺。"谢氏"指原义乌县委书记谢高华,是他打破了种种桎梏,开放市场,成就了义乌小商品批发市场的繁荣。

苏幕遮·三清揽秀

簇奇峰，垂秀水。叠嶂凌云，万笏烟萝蔽。石蟒亭亭沧海滞，神女怡情，绾草团花珮。

上清宫，灵杰地。丹术仙源，法道苍穹瑞。更有青龙松下寐，紫气萦怀，一梦成天帝。

蓦山溪·重登狮子山

阳春景丽，莽莽狮山峙。砂径脊梁横，北绵延、重峦耸翠。芙峰远踞，婺水正汤汤，飞鸟滞，香花美，更是流连地。

望中可记，晨练攀登事。踏石跃岩沟，巧扶松、凭风点履。朝阳冉冉，蓬勃自东来，年少志，千川济，卅载多磨砺。

柳梢青·扬州瘦西湖

柳绵莺语，五亭桥映，画船烟雨。曲径香花，琴音清脆，碧池惊鹭。

庑廊依旧熏风，哪得见、吹箫何处。太白淮扬，酒邀明月，撒金无数。

念奴娇·华山

万峰来聚，怒涛冲天际，断云排雾。秦岭逶迤横北国，到此堑崖无数。绝壁深沟，奇松飞鹜，泣血残阳苦。石梯岩凿，怎堪它一条路。

自古多少英豪，登临送目，韩愈投书处。擦耳苍龙高嶙冷，论剑凌波微步。道观神祇，玉泉镇岳，黄渭平川护。植根华夏，气吞寰宇如虎。

柳梢青·莱山寺

溯梁朝置，乌伤名胜，信徒云至。偶失繁华，烽烟灾患，换颜新世。

北依南睇群峰，羡煞你、风和景丽。水秀山清，铁鱼伽磬，宿心归寄。

注：铁鱼磬，达摩大师的法器，相传此磬止于莱山寺，是全国铁鱼磬之首。

踏莎行·枫坑水库

碧玉清风，瑞云嘉树，群山迤逦连乾宇。半分秋水半分蓝，一湾残照惊鸿鹭。

古道蜿蜒，屐痕苦旅，进香胡庙求祥雨。高崦极目欲销魂，长川万里归何处？

生查子·瞰春

东风拂柳枝，燕侣衔泥至。水鸟逗江潮，黄犬眠花醉。

春明又一年，人事云何异？老叶别新芽，化雨纷纷坠。

洞仙歌·登永康笔架山

嶙峋玉骨，自熏山构造。迤逦东来丽州道。断岩沟，坝筑三渡湖湾，凌笔架，俯瞰鳞波浩淼。

象珠繁盛地，屋宇盈川，车水人流笛音闹。西向大寒尖，拓界吴宁，天际阔，祭香胡庙。绝万壑、飘然驾闲云，纵今古、乾坤减熵多少？

满庭芳·走野马岭

霹雳崩摧，岩崖兀立，婺严山水绝奇。缭云飞渡，横嶂踞雄狮。绿谷长龙若隐，接天际、心旷神驰。轩辕女，婀娜倩影，起舞诉相思。

多姿，琼巘下，白墙黛瓦，摹画吟诗。自古人杰地，方凤书期。百里农家胜境，携游侣、尽兴于斯。千丘壑，红霞染翠，一径走逶迤。

注："轩辕女"句，指野马岭上有一美女峰，据传是轩辕帝幼女玄修从华山来此采药炼丹留下的倩影。

凤凰台上忆吹箫·武义石脸盆

天际无云，石崖盈翠，纵横深壑红丘。挹绿香茶岗，馥郁衣裘。摇曳琅玕碎影，风乍过、惊起沙鸥。羊肠径，蜿蜒寂寂，曲水环沟。

悠悠，武阳往事，婆媳自相依，拭泪还流。淅沥娘娘雨，润泽田畴。圣母禅林仙境，从此后、羁客消愁。消愁地，绢纱锦绣，阡陌金秋。

虞美人

烟霞十里龙川坞，点点山花露。蘧蘧循径赏芳华，驰荡春风熏得日西斜。

足音空谷佳人笑，倏忽惊飞鸟。回声已逝阅心平，瀁落归尘天地利何轻。

琐窗寒·祭悼岳父金宝鑫

泰岳崩摧，星辉暗淡，赤川淫雨。无声疾患，紧锁喉关难语。戚依依、何地落魂，大盘南麓樱花坞。沐祥和风水，芙峰积道，庇君仙旅。

归去。回眸处。坎坷路迢迢，诵文解数。耕田放牧，尽是操劳儿女。正师风、心系杏坛，谆谆教诲求稳步。至清时、陈酿佳肴，尚缞开樽俎。

注：岳父金宝鑫生前做事一丝不苟，精益求精，待人诚恳热情。20 世纪 60 年代他以优异的成绩考入金华一中，成为雅畈全区同期唯一考入金华一中的学子，入学后担任班级团支书，学习刻苦，成绩优异。临毕业时，因全国高校停止招生而失去升学机会，只能回家务农。恢复高考后考入了义乌师范学校，之后一直在中学任教，擅长物理、化学教学，担任过中学校长。2020 年 5 月因病去世。

水调歌头·梅城

北面乌龙峙，南向控三江。四围山色如画、翠巘垒高墙。雉堞梅花横亘，百廿新安浩荡，气势贯苏杭。塔影夕霞晚，绕曲碧波长。

置州府，拥浙皖，聚财商。舳舻来会、旗展千里蔽钱塘。羁旅闲云诗路，兵戈硝烟人杰，合境俱苍茫。古埠今安在？玉带独心伤。